DAS JARDONISCHE WERK

Tino Fellenberg

DAS JARDONISCHE WERK

GÄNZLICH MEHR ALS WORT UND SCHRIFT

Tino Fellenberg, geboren 1993, fand in stürmischen Zeiten zum Schreiben. Schnell kristallisierte sich sein außergewöhnlicher Schreibstill als authentischste Art heraus, um der Welt im Inneren Ausdruck zu verleihen.
Die folgenden Texte sind Zeugnisse dieser Zeit.

Frontcover zeigt »The 7ign«
Nähere Informationen, siehe Adresse unten.
www.spirit-now.de

Bibliografische Information der Deutschen Nationalbibliothek:
Die Deutsche Nationalbibliothek verzeichnet diese Publikation
in der Deutschen Nationalbibliografie;
detaillierte bibliografische Daten sind im Internet
über http://dnb.dnb.de abrufbar.

© 2016 Tino Fellenberg
Herstellung und Verlag:
BoD – Books on Demand, Norderstedt

ISBN: 978-3-7412-5777-3

INHALTSVERZEICHNIS

VORWORT 9

DER FALL 11
Ära 1.0 11
Ära 1.1 12
Ära 1.2 14
Ära 1.3 15
Ära 1.4 18
Ära 1.5 18
Ära 1.6 19
Ära 1.7 21
Ära 1.8 22
Ära 1.9 23
Ära 1.10 25
Ära 1.11 26
Ära 1.12 27
Ära 1.13 28
Ära 1.14 29
Ära 1.15 31
Ära 1.16 32
Ära 1.17 33
Ära 1.18 34
Ära 1.19 35
Das Weltenlied *37*
Ära 1.20 – Der Geisteskollaps 39

DER AUFSCHLAG....................41

DAS AUFERSTEHEN 43
  Ära 2.0............................43
  Ära 2.1............................48
  Ära 2.2............................51
  Ära 2.3............................52
  Ära 2.4............................53
  Ära 2.5............................55
  Ära 2.6............................56
  Ära 2.7............................57
  Der Klatscher........................58
  Ära 2.8............................60
  Ära 2.9............................62
  Ära 2.10...........................63

*Das Jardonische Werk,
das heißt, dem universellen Geist,
Ausdruck zu verleihen.*

*Worte werden ihm nicht gerecht,
doch bringen ihn näher.*

*Denn im Schreiben liegt die Kraft,
die eine Welt erschafft.*

VORWORT

»Es ist des Denkers höchster Sinn,
die Weisung zu dem Pfade hin.
Es ist des Schreibers höchste Macht,
hat er den Wink gen Weges auf den Punkt gebracht.
Doch alles, was je ehrlich ist und bleibt,
ist die eigens handelnde Gestalt.«

Legt also ab das Hasten durch die Zeilen, das Lesen nur aus Zeitvertreiben. Öffnet Tor und Tür der wachen Worte und stärkt den Zugang zu euch selbst. Nur dort bricht der irreführende Schein und Wahrhaftigkeit tritt frei.

Denn da draußen gibt es keinen besseren Lehrer als dich! Nur Helfer, die dir helfen können.

Folge nach und du bist Letzter!

DER FALL

Veil Severin ist ein gebrochener junger Mann, dem es nicht gelingt, sich mit der Stimme in seinem Kopf zu versöhnen. Seit jeher spürt er dieses Gefühl von Mangel und Verlust. Ganz gleich, wie sehr er sich bemüht, dies mit äußeren Umständen zu kompensieren: Die innere Leere bleibt. Und obwohl er nur das Beste für die Menschheit will, bei seiner rastlosen Suche verstrickt er sich zunehmend in falsche Denkmuster und Herangehensweisen und ist einem stetig wachsenden Zwiespalt ausgesetzt.

ÄRA 1.0

Und der Anfang aller Tage
mit Verzweiflung geht einher.
Ich stehe auf und find mich wieder,
in des Teufels tiefem Sieder.
Eilig aus dem Überfluss,
Bedürfnisse ins Eck!
Auf zu jenem,
was muss, doch nicht will.
Und das Verstoßen meiner selbst,
bedenke ich das eben gesprochene Zentrum mir.
Im Hier bleibt jetzt,
nur der Wege ungewollt.

Das Entrichten über allen Lobs erhabener Zeit,
gegen wenig erpresst gute.
Auch der Rückstand immer bleibt
und das Alter lässt ihn wachsen.
Des goldenen Käfigs Streben glühen,
doch beim Bruch, da schwindet fort,
was Öl dem Feuer ist.
Ein Leben lang im Schatten der Bestrebung,
welche mir die Kette
und den anderen der Schlüssel sei!
Plötzlich steh ich in der Masse.
Leidend! Auch wenn niemand spricht.
Als wenn die Sünden fließen,
ja sich die trüben Dünste lösen,
und meines Blutes Elixier
ist nun der zuckrig feinste Tropfen hier
und somit ich als Wirt ihr liebstes Ziel.
Sie nähren sich an Verve und Pathos meiner Seele
und quer wie Klingen
inhaliere ich den zynisch-öden Habitus
jener, die vergaßen, was sie sind!

ÄRA 1.1

Beherztes Glück, ein Freudentaumel.
Unverdorbenes Leben!
Doch dann
eines Traumes Rauch!
Verwirrt und dennoch viel zu klar,
entsteige ich der Wirkung,

welche analog und immer so
in Lügen walzt.
Abermals das Gleiche ruft,
um vorgeblich zu sein.
Füg dich oder schweig!
Arretiert in stetig Schinderei.
Sucht, die nur noch treibt.
Denn Seelen schänden
führt nicht selten zum Erfolg.
Und Entwicklung
wähnt in sich,
an sich,
nur – sicherlich –
einen abermals verzögerten Verderbenstanz.
Gesellschaft heißt Veränderung!
Wandel – neue Werte!
Dieser Zeit gemäß
und welche aus den alten sich erheben.
Denn sie gehören keineswegs vergessen,
sondern bilden impulsive Keime
im energisch Mutterstamm!
So lass uns zeigen,
dass es auch anders geht,
ist es doch die Welt, um die wir spielen!
So mag ein jeder seinen Einsatz wohl bedenken.
Viel zu karg, was bereits fundiert.
Zwar bin ich nicht verlassen,
dennoch einsam in der Schar.
Ergo sicher ich die Klänge.
Kundig, was am Jüngsten Tag,
so vielen der Untergang.

Im Irrgemach
und wirrem Schaffen,
meiner Geistesgüter
und der brachen Welt,
birgt nur Fasslichkeit
der Spleen durch meine Schriften,
denn sie bewahren in sich Bestand.
Und am Ende, wenn sich alles neigt und sinkt,
bleibt das Wissen ums wahre Wort in Ewigkeit bestehen,
indes die Tat herum verändert und bewegt!
Aus dem Feuer wird was auferstehen!
Viele, fest entschlossen,
welche aus der Ordnung Chaos schaffen
und im Chaos ihre Ordnung wahren.
Jeder Einzelne erstrahlt,
dass der, der nicht mit Augen sieht,
nur noch schweigend steht.

ÄRA 1.2

Eilig wieder auf.
Die Strafe folgt dann später.
Doch in Menschenhast bin ich gereiht.
Sodann im gleichen Trott.
Mental zerrissen, dass ich blute.
Mir sei die Luft zerschnitten,
und die Rippen engen ein.
Immer heulend nach dem Rudel,
welches blitzend durch die Nacht.
Und die Trauer der Erkenntnis,

meine Zeit wird knapp.
Den Projizierenden ist alles Anlass zum Gefecht!
Und ja!
Die Welt dreht sich um sie,
bis ihr schwindlig wird und darauf fällt.
Doch die Kunst hier ist zu ruhen.
Dem Argus gleich,
Augen auf die Relation,
obgleich der Sturm dich kniend will.

ÄRA 1.3

Versiegen und erschöpfen,
stagniert durch gerne möchten.
Doch nicht heute!
Dieser Zeiten wird bewegt!
Mehr als Tägliches,
doch zu wenig im Gesamten.
Wenn alles schläft und der Mond nur wacht,
dann darf ich sein.
Nun steht sogar die zweite Stimme
gut mir zu.
Ich leg die Rüstung an,
schwärzer als das tiefste Loch.
Sinne werden klar, Ängste definiert.
Bereit zur Tat:
Den Schweigsamen einen Klang zu geben
und den Palast des Todes
meiner frommen Flamme zu entgegnen.
Der Plan steht fest,

gleich ob morgen pure Finsternis.
UNSER Weg führt durch den Wald,
wo Feinde reduziert!
Ich bin nicht mehr allein!
Jardos ist der Zweite
– ebenfalls gefangen hinter Fleisch –,
der entschlossen spricht.
Er hält sich an den Pakt,
so gütig legt er alles lahm,
was nun wär' Untergang, und
macht mich stark für Tausende.
Den Weg fast voll gegangen,
das Ziel lässt sich erahnen.
Im Dunst der Nacht
keucht kalter Schlamm sich Gift und Gas,
so weit das Auge reicht.
Zum Umwandern fehlt die Zeit.
Das Moor soll uns nicht halten!
Entschlossen aus der Mitte geht die Kraft!
Auf dem Boden der andern Seite
folgt ein Lacher dem Morast.
Es braucht schon mehr, um uns zu hemmen!
Auf dessen Probe lähmt der nasse Rumpf:
Friedung[1], die im Lauf und Schatten wir nicht sehen.
Immer wieder Schläge zum Erzittern,
doch gerne nehmen wir's hin.
Freie Felder, wo nur Nebel steht,
dahinter soll es sein.
Triefend drüber weg,

---

[1] *Friedung* beschreibt hier elektrische Weidezäune.

bevor wir's sehen, müssen wir es hören.
Ausnahmslos diese Erkenntnis
lässt uns nun knien!
Es ist zu spät!
Allein!
Und nur noch Kälte, die ich spür.
Die Zeit bleibt stehen, als ich es sehe.
Welches Wort ist wohl gerecht,
wenn man in tausend fallende Augen sieht?
Jeder hier ein Freund,
gezüchtet aus Kommerz.
Nicht lange, dann ist jeder Einzelne des Todes,
und dann, abermals, erneut, noch mal,
von vorn, wieder und wieder und wieder.
Mir brennt das Herz,
ich weine Glut.
Verzogene Gesellschaft!
Selbst Krankheit, Armut, Seuche
vermag sie nicht stoppen.
Eine Bestie, welche ihresgleichen sucht,
gestillt durch abnormale Völlerei!
Überfluss, Bequemlichkeit und Schwäche,
nährt sie noch am Totenbette.
Hilflos schließt sich meine Faust.
Es tut beispiellos mir weh!
Selten schämt' ich mich derart für meine Gattung.
Mit jedem Schritt hinfort,
zieh ich die Hoffnung von ihnen ab
und mir die Ehre von der Haut.

ÄRA 1.4

Auf dem Rückweg wär' ich fast verblutet.
Wie wird der Grausame in mir heut seinem Ruf gerecht!
Um die Fassade zu erhalten,
stütz ich mich auf meine Zwänge.
Denn einzig ein mit der Einsamkeit liiertes Wohl
bekräftigt die karitativ gestimmte Note,
welche draußen, festlich ausgeweidet und
ungesittet, durch den Dreck gezogen wird!
Doch der grelle Schrei nach
rüde Sühne lechzenden Taten birgt,
wie eisern Treue, durch die Blutbahn drängt.
Drum walz ich weiter im Vulkan,
gewiss, dass ich bedingt nur sterblich bin!

ÄRA 1.5

Kommerzieller Tag,
der für viele Freude bringt.
Liebe und Verachtung selten sich so nahe stehen.
Ich bin fehl, so wie immer!
All die Fragen und der Selbsthass
nehmen mir Luft und Kraft.
Die greifbar nahe Lösung flieht,
dem scheuen Tiere gleich,
heimatlos, geschändet durch den Menschen.
Das Vertrauen musste weichen,
so wird es nimmer kommen.
Doch auf! Auch wenn ewig Funkenflug,

wie einer, der nie ruht,
allzeit kämpfend,
noch in der Schlacht wird er genäht.
Ewiglich umstellt und der Freitod untersagt!
Meine Hand bleibt ausgestreckt.
Vergebens soll ein anderer warten.
Ich stelle mich der Uhr.
Nach der Streife schlafe ich am Tor.
Wir werden sehen,
was und wie's kommt.

ÄRA 1.6

Immer nur alleine unter vielen.
Mit Fälschungen und Lügen
füllt man mir den Mund.
So schwillt das Übel in mir auf
und der erbarmungslose Jardos
zieht längst verjährte Waffen.
Die alte Munition durchsiebt
und rostet mir das Herz.
Der längst verdreckte Filter legt wie kein zweiter
mir den Untergang bereit.
Soll's das sein?
Grausam wehrufende Einsamkeit
als Mammon wohlwollender Gewissheit?
Ein verkorkst gedrängter Weg
zieht sich durch mein Gemüt.
Und mir wird schneidend kalt beim Glauben:
Wenn nicht ohnehin

die Adern mir gleich springen,
zerrt es so lang an der Seele,
bis die Hülle ganz allein.
Die Blässe – dem Skelette gleich –
warf die Paralyse
über Sein und Werden mir zu Kopf.
Es rennt mir meine Säulen ein,
dass der Mensch, gleich der Pest geplagter Schnauze
– welche ganze Völker mit sich reißt –,
den einst begrünten Rücken nun zerfleischt.
Drum hinterm Vorhang steh ich nun
und warte, dass er fällt.
Doch bevor sich nur ein Faden regt,
baut sich Abgrund neben Abgrund auf im Saal.
Jeder beugt sich hin
zur Grube eines Fremden,
fällt ab und diffamiert,
doch erst retour.
So besingt der schwarze Chor
das Ende aller Tage!
Was im Kopf mich beißt,
fesselt ebenso mir die Hände.
So wird der Vorhang weiter in sich still gehalten
und ich erhärte noch das Abhandeln
gegen die spärlich' Menge
– die zum Aufschwung sich gedrängt,
um auch derer willen, die gerade so bedenkenlos
über diese hilfsbereiten Opfer ziehen.

ÄRA 1.7

Wie das Blatt im Wind,
richtungslos im Zwist
und schwer verwundet in den Kampf.
Selbst aus dem Aas
kann ich das Leid noch sehen.
Die Stärke ging verloren,
als Perversion den Richter packt.
So ist doch nichts, was nicht dem Meinen gleicht
auf Haut und Haar, dadurch auch minder wert.
Stärke zeigt, wer für die Schwachen eintsteht,
anstatt das Wehrlose zu richten.
Sag, welch Verderben ist bereits Verdorbenen ein Maß?
Denn da gibt es etwas,
das gravierende Probleme dieser Zeit angeht:
Ob es nun den Hunger dieser Welt equilibriert[2],
Ethik und Moral gemäßer definiert,
Wasser, Klima, Umwelt reguliert,
das Leid der Tiere reduziert,
Vitalität neu schürt
und zu besserer Gesundheit führt.
Wie dreist, wie leer, wer das noch ignoriert!
Mutter Erde, Mensch und Tier stehen im Joch
der unsäglichen Ignoranz,
mit welcher wir das Recht erheben,
ungestört so fortzuleben,
solange wir das Leid nicht sehen.
Alles steht auf einem Bein.

---

[2] Mit *equilibrieren* (lat.) ist gemeint: etwas ins Gleichgewicht bringen.

Ausbeutung ist Großgeschäft,
doch wird mein Solarplexus weiterhin im Wege sein!
Ein Sturm zieht auf, der zeigt, dass alles möglich ist!
Eure Freiheit ist die meine,
aufgebaut und mahnend,
auf Meeren voller Blut.

ÄRA 1.8

Durch uns vermag ein Gott zu sprechen.
Und zu viel ward schon verschwiegen.
Bäche sollen wieder fließen!
Wälder wieder wachsen!
Der Erden Mutter gilt ihr rechtmäßiger Sitz,
auf dem ehrwürdig das Leben sich erschließe!
So reich beschenkt sie uns und wir sehn's auf sie ab.
Seit Jahrzehnten nun geht sie gebückt
und hätte Recht zu morden.
Der Fall wär' klar.
Notwehr, da sie das Opfer ist.
Im Vergleich:
Ist die Welt ein Tag,
dann sind wir Menschen keine zwei Sekunden.
Doch litt sie unter uns weit mehr
als im Rest der vierundzwanzig Stunden.
Es ist das Übermaß
einer ganzen Spezies,
was sie würgt.

So steht auf

und geht da raus,
seht euch um
und findet das Äon[3] der Taten!
Es gilt zu kontrollieren,
was einzig wir allein haben losgetreten!
Die Zeit, in der das Handeln ohne Reue,
weil es ohne Wissen war,
sie endet hier!
Macht euch nicht verrückt,
tut das Möglichste!
Aber: TUT das Möglichste!
Und vermeidet endlich das Vermeidbare!
Wir sind nicht die welchen, uns Anthropozent[4] zu nennen!
Und willst du es,
dann sammel dich – du Mensch –
nur weiter an der Spitze,
so wird es leichter, dich zu stürzen!

ÄRA 1.9

Die Richtung ist entscheidend nun,
schließlich braucht es mehr als einen.
Die Kraft jener, die noch knien,
weist jeden König in die Schranken.
Kann er doch nur sein,

---

[3] *Äon* (altgriech.) meint hier ein Zeitalter.
[4] *Anthropozentrismus* beschreibt die Haltung, dass der Mensch sich selbst als Mittelpunkt aller Dinge sieht. Demnach wird nichts anderem ein eigenständiger Wert zugestanden und daseinsberechtigt ist nur, was messbar der Menschheit dient.

wenn das Fußvolk ist sein Eigen!
Die Hälfte meiner Kraft dient dem Ertragen.
Reste auf zum Schaffen!
Aus all den Plagen
darf ich selbige nicht werden.
Drum geh ich schleppend jenen Weg,
wo die Wut an mir diniert.
Reflektieren werd ich's tausendfach,
auf dass ein Bund sich arrangiert.
Voller Sehnsucht wartend. Bittend.
Geduld und dann …
… krochen sie zu mir.
Verstoßene der Subkulturen.
Motiviert – doch die falsche Kraft, die dreht.
So versuch ich klarzumachen,
was geklärt werden muss.
Gleichwohl auch Feinde zog es an.
Deine Silhouette ist hier unerwünscht!
Und dann gerichtet, wie der gröbste Teufel
setzt er schnelle Schritte auf mich zu.
Mir ist völlig klar, was droht.
Ein müdes Lächeln noch,
dann gehe ich zu Boden.
Siegessicher schlägt er zu.
Der schwache Leib bereits am Bangen,
der Geist macht sich erst warm.
Denn wo das Fleisch schon längst versagt,
fängt der eine erst zu denken an.
Der Dämon ist entschlossen, seine Taten zu beenden,
und erfasst bereits das nächste Ziel.
Zwei Worte und er ist wieder bei mir.

Gut – so kann er mir nicht fliehen.
Blutig Hand, die immer weiter schlägt!
Der Wahnsinnige Jardos amüsiert sich königlich.
Laut feixend hält er seinen Schwur!
Schwankend wieder auf die Beine,
wie Ruinen längst gebrochen.
Die Seele umschmeichelt alles wie ein Schild.
Denn der Wirt, der mir mein Eigen,
ist zwar gebunden, doch dahinter ruht,
was einer andern Liga angehört.
Der letzte Schlag raubt uns das Gleichgewicht,
doch woll'n wir nicht mehr liegen.
Was mir an Muskelstärke fehlt,
gleich ich durch Wahn und Wille aus.
Noch schneller als ein Augenschlag
tauschen wir die Rollen.
Die ganze Kraft hat er bei uns gelassen,
doch nun ist's er, der fällt.
Ein Opfer seiner selbst.

Ungeachtet dessen, kurz bergauf,
doch dann der Sturz.
Die Sippe, die ich scharte,
ist bedacht aufs falsche Ziel.
Unabdingbar unsere Trennung.

ÄRA 1.10 ───────────────

Dann der welken Rose gleich
– es ward wieder schlimmer.

Die Erwartung wird vergällt
– Gleichgesinnte gibt's hier nicht!
Somit um mich
nicht mehr Potenzial,
nur noch gehängte Puppen.
Die Marionetten hängen tief,
so bleibt der Spieler gut verdeckt,
indes die Fäden, die sie tragen,
binden sich zum Strick.
In diesen Tagen
kommt's nicht selten vor, dass ich mich frag
– und der wirre Jardos sowieso –,
bin ICH denn zwischen all den Stühlen der Lapsus hier?
Hat die Kreatur der Menschheit sich komplett entehrt?
Nur noch Pech zieht sich die Lunge hoch,
und zur Frage steht nur WANN – sie dran erstickt?!

ÄRA 1.11

Gierig nach dem Wissen suche ich die Pfade.
Immer wieder schüttele ich das Haupt,
reiß und schwenk es durch die Luft,
so als fiel das Irre von mir ab.
Press so fest, wie ich's nur kann, die Lider,
als wenn der schwarze Vorhang alles Leid erdrückt.
Jardos wird nie schwinden
– erst wenn der Korpus dauerhaft gebleicht.
In dunkler Vorzeit stand es zur Debatte.
Trotz allem ward mir klar,
falscher geht's wohl kaum,

denn so nehm ich nur der Handlung ihren Raum.
Doch am Rand zu taumeln
war seit Langem etwas Richtiges.
Bis heute an,
dürstend nach dem Frieden.
Geöffnet so,
weil's anders längst verlernt.
In großer Hoffnung zu werden eins,
Kopf und Seele endlich meins.

ÄRA 1.12

Ein neuer Strahl die Erde trifft,
das heißt: Erneut erwach ich
derart inkonstant im Zwiespalt!
So viel versucht und dann das alte Lied
– vom Leben ach so müd.
In mir ein Gemetzel!
Jardos stellt in Fleisch und Blut mir auf,
was jeden gesunden Mann zum Zittern bringt.
Immerfort spanne ich die Kehle
und in Eile kapp ich sie dem Deiwel,
der ICH bin!
Also ich, als Schatten,
erblüh mir selbst zur jeweils Linken,
umfass zweifellos das Haupt,
sodass die Speiche fest den Nacken hebt
– in Ekstase kommt es vor,
dass sich das Bein vom Boden löst.
So liegt der straff gespannte Rachen frei

und dünner Stahl erlöst mich von der kranken Zunge.
Bevor das Blut sich schlafen legt,
zieht der verstörte Arm den nächsten Hals.
Im Nu ein ganzes Feld
voll zuckender Kadaver,
die Optik rot und einer lacht
– weil so tief keiner weinen kann.
Bald geht abermals das Massaker
von vorne los.
Erzürnt versuch ich schnell zu leben,
bevor das Biest mich wieder reißt.

ÄRA 1.13

Verkommende Gedanken,
um die kein Land mehr wächst.
Derweil tapp ich wieder
in der Scheidung Falle.
Mich befällt ein Schauer,
den permanenten Abschied
– der umsichtig doch keiner ist –
zu bändigen.
Nah der Seite meiner Freunde
spür ich, wie's sie brandet
– dem Läuterungsberg zum unsterblichen Fuße hin!
Was von mir,
mit schwarzen Tränen verifiziert,
bis letzten Endes selbst ich drin ersauf.
Denn was sich über viele Ecken sagen lässt,
wie erbarmungslos,

ja nahezu endgültig
es mich stimmt,
denk ich übers Ableben hinaus,
seh ich mich forthin alleine in der Kälte!
Doch jedes Wort zerfiel zu Staub mir auf der Zunge
und jede Handlung ist nahezu affektiert,
liegt der Grund, der meine Taten stützt,
nach dem Koma selbst in Ketten noch.
Unsichtbar, der toten Steppe allerwärts.
Nur die Klinge martert halb das Elend!
Dem Chirurgen gleich,
wo jeder feste Schnitt Bedeutung hat.
Wenn auch nur für kurz zu spüren,
nicht WER, sondern DASS man ist.
Dann überschwemmt flüssig Gold die Pein.

ÄRA 1.14 ———————————————

Und schreite ich im Tal der Menge,
grämt es mir die Seele kümmerlich.
Das Gaffen greift in mich,
die anormale Bürde
bricht mir das Genick.
Daneben sind dem Kreuz untragbar
rohe Sorgen auferlegt.
Allmählich berstet sich der Rücken
und die Wirbel treten aus.
Dann wird der Welt gelegt, wie es um mich steht.
Fortan blicke ich mir Menschen an,
doch ich seh nichts,

nichts als leere Fenster.
Derart verlassen in der unbeseelten Gasse,
schwemmt des Geistes Unrat
– medikamentös gleich bestärkt,
durch Geheiße ausgedienter Schriften,
nur dienlich den Betonherzen,
die sich falsch den Namen der Gemeinschaft beigelegt –
jeglich Vergehen und Missetat,
der Stadt der Heuchler mir herbei,
und somit ätzt der odiöse Schmutz
mir den halben Körper in den Boden.
Der Zeitgeist krampft mein Blut
und hindert mich zur rechten Tat.
Im Netz der surrealen Spinne interniert,
gibt jede Regung des Gefieders Auskunft,
welcher Richtung man sich wendet.
Darauf umfasst die schizophrene Hand mir das Gemüt!
Es gibt nur Spott und Häme,
legt man Treulosen
das wahre Zeugnis vor.
So auch erlischt das Licht der Freunde!
Rasch versuch ich mich zu erden.
Klemm zwanghaft mich ans Umfeld
– und blende die Begabung, der es giert, der
Gesellschaft abseitig zu sein –
völlig aus und
reih mich in banale Menschlichkeit.
Beinahe zerschlägt der raue Jardos
mir dafür den Schädel.

ÄRA 1.15

Was auch immer tobt in mir
durch Hirn und Wesen,
prägt wie nichts anderes mein Leben.
Ich schweige tot,
was allezeit mir Nervenbahnen kappt und
in Blut entfachter Euphorie sich ganz und gar vergisst.

Als dann zur Neige
der kranke Geist, der mir vermacht,
entschlüsselt und das Netz der Welt erkennt,
bleibt nur irres Feixen ums Geschehen.
Denn gleich ob Theologie oder Philosophie,
durch Tausende von Jahren
sich ein roter Faden zieht.
Travestierte der Epochen
– welchen heut teilweis gebürtig Ansehen ziert –
ebenfalls durchfloss,
was mir an manchem Tag
des Körpers Grenzen sprengt.
Doch obgleich der Geist erhaben
durch die Zeiten webt,
sich allzu deutlich präsentiert
und auf komm raus mir Zeichen wirkt.
Ihm gegenüber steht der übergroße Geist der Einsamkeit,
der mich fest mit seinen Krallen greift
und spitzen Zähnen mir entgegenweist:
»Tust du den Befund
welch andern kund,
wird's oberflächlich zwar bejaht,

doch mit Gründen,
die so niedrig scheinen,
wird auf die eigne Attitüde gar verweist
– die nicht annähernd dem Gewebe gleicht,
das an deiner Seele reißt.
Niemand wird's verstehen,
und ganz und gar verlassen
wirst du auch zugrunde gehen.
Somit hast du keine Wahl,
suhl bis zum jüngsten Tag dich in der Qual,
die dir die schlimmste Angst gebar!
Zirkulier dich tausendfach,
und sieh: Nur ich bin da!
Auf ewig sei die Einsamkeit dein Lohn,
die schneidende Verzweiflung dir der Thron.«

ÄRA 1.16————————————————

Einst gab es Zeit zu beichten,
den Versuch, es fortzureichen.
Doch Aussage um Satz,
quoll'n dem Maule Zügel hoch.
Angelegt, lenkten sie den willenlosen Geist,
um blindwütig Gefühle auf die Bahn zu senden und
Bilder hinters Aug' zu werfen
und zu schaffen, was nicht von
fremder Hand geschaffen werden kann.
Nicht nahezubringen, welch Feuersturm die Seele bangt,
wie es wirkt, das Spiel im Keller.
Da durchtreibt das Fieber mich,

kratzende Wärme, und ich komm nicht aus der Haut!
Spür sogleich den faulen Hauch im Nacken,
und sein finsterer Behang ummantelt mir die Brust
und salbt die kleinste Zuversicht mit
Sorge, Gram und Frust.
Und so hab ich es aufgegeben,
andern zu bequemen,
mein Inneres zu verstehen!

ÄRA 1.17

Und muss ich es ins Fleisch mir nieten,
ich lade weiter, was die Schultern tragen!
Nehme vom Gegenüber fort,
was ihn erdrückt.
Selbst bemüht,
dass niemand wittert, dass ich leide.
Weine niemandem die Sorgen hin,
obzwar's mich magert,
beinah verzehrt,
vermag ich's zu ertragen.
In der Hoffnung, dass sie sehen
– wie grob und fein zugleich
der tiefe Sinn, uns zugewandt, sich äußern will.
Und wie all Wegs töricht wir das Haupt erheben.
Töricht – Zweifel gen den Allerhöchsten zu entgegnen.
Im Begriff, das dritte Auge zu zerstechen.
Welche Frage Ort und Zeiger wirklich auf sich lenkt,
wird stets im Kontext zu Natur und Kosmos stehen.
Bereits das selten mir entstandene Nirwana

erlässt Myriaden⁵ glänzender Unfassbarkeiten.
Doch über ertragreich bunte Hügel
legt sich Staub auf hohle Nerven und
eifert großspurig, in blinder Wut
– ebenso zwecklos wie abscheulich –
der verbittert abgetanen Blüte, seinen Groll.
Im Vogelkäfig der Gefühle
fluten die Gezeiten der finit gebliebenen Ballaste
somit alle Zuversicht,
der ideell geformten Sterne,
auf jenes Fatum⁶, was dem erlauchten Brustkorb,
Richtung Jenseits sich erhebt und
die Wellen geflissentlich dort schlägt.

ÄRA 1.18

So kann ich diese Welt
nicht greifbar für mich machen.
Nicht verdauen,
was die Lebensmitte reflektiert.
Fühl von des Erdenwallens
fremdem Urgrund mich beirrt.
Und sonach häutet aus dem Nebel mir,
das Zentrum unseres Weltenlaufs,
jed Willen auf Bestand.
Hab Neu und Neu zum Bleiben mich behebt,
doch es soll das ganze Innenleben zergehen,

---

[5] *Myriaden* (altgriech.) sind eine unzählbare Menge.
[6] *Fatum* (lat.) bedeutet Schicksal.

die Organe mir zerschmelzen,
einfach beendigen mein willig Streben,
gelingt's mir weiter nicht zu tragen,
wie's sich in mir regt,
welch Wissen treibt und was bewegt.
Ich vermag das allgewaltig
Heer der Grillen nicht zu halten!
Sie werden mich überrennen,
an meinem Leib sich laben,
bis ich die Asche,
bis ich der Staub,
woraus ich auch empor.

ÄRA 1.19

Die heroisch große Schlacht,
im Blut getränktem Horizont,
wirft verbittert Töne in den Wind
und erschüttert schon beim Lausch das Mark.
Es grollt erhaben über Land und Meer,
blitzt und lodert in der Dämmerung.
Da Sperr und Beil,
dem Inferno ewig währender Finsternis entstiegen,
speit jeder Funke
qualgeschundene Schreie
der Verlorenen hinaus.
Gleich Kometen stürzen die Bezwungenen zu Boden
und schlagen tiefe Krater in die Erde.
Den Himmel hoch,
den Wolken quer,

tobt der Krieg
der wenig Gottgeweihten,
Jahre während nun in mir
und ödet so die Macht,
selbstbestimmt mein Regiment zu führen!

Ach, wie sehr könnt' ich mich erneut darin verlieren,
zu salutieren an die karge Gischt,
im Angesicht der Tragweite
dieser auferlegten Welt.
Denn die Maske jener Wörter wirkt lakonisch,
doch bedienen sich dahinter ihre Träger ganzer Sphären!
So beschreibe man Maschinen, wie sie herzen sollen,
und redet sich die Zunge blutig,
weil ihr Horizont sich dem verwehrt.

Es fehlt der Niederbruch,
raus aus einer diskrepanten Welt ...
... da ist der eine Pfad,
da wird im Korpus – allenfalls – es klar:

Am Fund des Weltenlieds!
Sie benennen den Kryptisch-Text auch
Urschrift aller Ahnen und angeblich waren
androgyne Wesen selbst federführend,
diesen Kodex – einer Welt – entstehen zu lassen.

Einst wurden die Weisesten aus jedem Volk entsandt und trugen aus den entlegensten Winkeln dieser Erde – über alle Feindschaft und Kultur hinweg – zusammen, was ihren jeweiligen Glauben widerspiegelt, was ihre heiligen Worte sind und was das Tun und Handeln ihrer Bevölkerung stützt. Ein roter Faden zog sich durch alle Glaubensrichtungen und Ethnien und wurde in einer eigens konzipierten Einheitssprache zum Weltenlied zusammengefasst. All dies taten sie, um sich auf einen gemeinsamen Konsens zu einigen und aus diesem inneren Frieden ebenso einen äußeren entstehen zu lassen. Doch wie es scheint, waren die Menschen damals nicht bereit für dieses Wissen, und so kam es, dass das Weltenlied im Schatten der Jahrhunderte verschwand. Bis es vor wenigen Jahren, eher zufällig, wiederentdeckt wurde.

DAS WELTENLIED

(Auszug)
(In kryptischer Sprache; grob vereinfachte Übersetzung)

Ich erkannt' und nehm es an,
ganz und gar und voll und klar:

dass sich dual der Kosmos mischt.
Wir sind hier als Hülle
– was der Körper ist –
und die Fülle
– wo man Seele spricht.

Mit Inkarnation haben wir uns hergebracht,
manche neu, andere schon hundertfach.
Jedes Leben ist ein Zugewinn,
hoch zum allerhöchsten Zustand hin.

So wie alles schwingt,
ist auch Gefühl, Gedanke und Instinkt
ein Hauch zum großen Flusse hin.

Allwegs verbunden ist das Sein,
auch wenn man physisch ganz allein.

Die Mitte auszuloten bietet größte Kraft,
benennt es euch mit »Wunder«,
was man folglich schafft.

Der dunkel-helle Kreis sich dreht,
auf dass alles wird gelebt.
Das die Existenz zu einem Rausch,
nach unten fest verankert,
nach oben hoch hinaus.

Hat man irdisch dann gelebt,
wird die Essenz ins Licht bewegt.
Wo man nah der Quelle sich befängt,
bis – wenn nötig –
menschlich-neues Leben drängt.

Erst wenn es wahrhaftig gesungen,
integer es angeklungen,
entfaltet sich der Brust des Lichtes Schein
und wirkt harmonisch in die feinstoffliche Welt hinein.

Und wieder spüre ich,
wie das Bedrängnis
– schwarzer Tinte gleich –

durch meine Adern schießt,
mich bannt und elendig
im Blendwerk von Bestand verstört.
Denn zwischen all den Deutungen
greift der hungrig irre Wille
immer noch eins höher.
Nunmehr:
die Frage nach dem Sinn,
hinter dem Sinn,
des Sinns
auf Sein!

Ich zerfall und sterbe hier,
beim Unaussprechlichen,
mit dem mein Hirn mich da
zugrunde quält!
Bin zu weit gegangen,
hab zu tief geschürft,
in der Schau, der großen Rolle mich verirrt.
Weder Glaubenssatz noch Ablenkung
vermag mich nun zu halten.
Die Bestie ist entfesselt und
wahrlich wütet sie,
entsetzlicher als je zuvor.

ÄRA 1.20 – DER GEISTESKOLLAPS

Mir bekannte sich die Existenz …
… gleichwohl in Relation dazu die Ewigkeit,
und im Delirium der Transzendenz

schmähe ich nun hier mein immanentes Sein.
So bin ich wohl dem Mensch
und seiner Spiele überdrüssig.
Was anfangs mein Begehren war,
stellt sich nun als Schlimmstes aller dar.
Unerträglich dieser Wahn,
der Bedeutung hinterherzujagen.
Sag, welche Freude bleibt,
lebt man gar bereits in andrer Zeit?
Den Nächsten und meiner Liebe zu entsagen,
mich fort ins andre Leben zu quarren,
versetzt mir meinen letzten Stich,
ich fiel
und land
nun bitterlich.

DER AUFSCHLAG

Nun ist es so weit. Veil hat die traurige Gewissheit erlangt, dass sein Körper und sein Geist der Zerreißprobe nicht mehr standhalten können. Er ist sich sicher, den Kampf gegen sich selbst verloren zu haben. Mit sofortiger Wirkung gilt seine letzte Energie der Abkehr vom Geschehen, um sich niederzulegen und keinerlei lebenserhaltenden Maßnahmen mehr nachzugehen.

Zertrümmert liege ich
im tiefsten meiner Krater.
Es sind ein Dutzend Rippen, die ich brach,
und jede ragt tief in mein Herz,
so fällt das Atmen ach, wie schwer!
Es ist der Geist, der mir so mürbe ist,
das Blut, was sich nicht wallen lässt,
und der Schatten, welcher endlos fort an meiner Seele frisst.

Übernächtet und in Jahre reifender Endgültigkeit
suche ich entvölkerte Regionen auf.
Verloren in ohnmächtiger Schwere,
hin, wo alle Worte leer!
Was ich als Letztes hier nun sag,
schreibt mir auf mein Grab:

Nicht immer bricht der dünnste Ast,
zumal auch welcher, der
die schwersten Früchte trägt.

Hier bin ich nun
– im letzten Zug der mir vermachten Existenz!
Gedenk zum letzten Mal der Menschen meiner Nähe
– ohne Ziel und Druck kommt's, dass ich verstehe:
Nicht der Abschied
trat wiederkehrend mein' Kopf zu Staub
und schlug mein Leben widerlich zu Brei,
vielmehr: das niemals wahre Kennenlernen!
Denn wie gellend es auch immer in mir schreit,
ein Bruchteil nur die Außenwelt erreicht!
Stand immer nur zur Hälfte da!
Gefangen in der Nebenwelt,
mit knöcheldicken Plagen in der Haut.

Was ist nur geschehen?
Einst war ein täglich Lächeln mein!
Im Laufe wurde es geschmäht und schließlich umgedreht!
Gott weiß, ich wollt' nur Gutes tun,
doch nun soll allzu früh die Flamme ruhen!
Und es bleibt nicht einmal die Kraft,
die einen positiven Abschied schafft.

Ich bette nun im Höhepunkt der Ohnmacht mich.
Will nichts als fort von dieser Erde scheiden,
in ein ungewisses Morgen treiben.

Und somit – lass – ich – los.

DAS AUFERSTEHEN

Als Veil am tiefsten Punkt angelangt ist, passiert etwas Entscheidendes: Er lässt los. All die Zwänge, all die nicht ernst gemeinten Affirmationen, all die Glaubenssätze lässt er fallen und gibt sich zum ersten Mal ganz dem hin, was ist. Im Angesicht des Todes legt er seine Kampfhaltung sowie den Drang, alles kontrollieren zu müssen, ab und wendet sich neutral Richtung Inneres, statt im Außen seine Antworten zu suchen.

ÄRA 2.0

Zwischen Ohnmacht und Delirium
blick ich hoch und denke frei,
auf dass Mut und Stolz gefällig sei!
Da dreh – vom ersten Tag zum goldenen Sarg –
ich mir das lebenswirkend Rad.
Blend's bis zum Ende durch
und sehe mich gen Licht und frei von Furcht.

Und es ist nicht der Wind, der fern die Wolken schiebt,
sondern einer, welcher aus dem Lichte mir entgegenfließt.
Dieser liebevolle Hauch,
dieser Kuss, der alle Zweifel nimmt,
diese Ode, die das Leben ehrt,

hat in mir etwas umgekehrt:
Der wahre Held ums Paradies nicht ward betrogen,
er stammt vom Fegefeuer selbst!
Vom Bösen er umgeben,
doch dem nie angepasst.
Wie tief und rein muss etwas sein,
wenn es diesem Kreise sich entschließt.
Ermutigt vom zurechtgerückten Lebensgeiste,
gebe ich zum ersten Mal entspannt
der tiefsten Stimme in mir
Raum und Klang.
Und sieh und seht,
sie geht es freundlich an.
Lesvei nenne ich das Namenlose
– das ebenso grenzenlos wie zeitlos ist.
Es steht Jardos gegenüber und ist dennoch
eins desselben Geists.

Und wie ich essenziell und ganz mich gebe,
schweife ich hinfort
und sammel mich ums Weltenlied.
Lass es sein!
Lass alle Strophen geltend sein!
Unverändert stehen bleiben
und für Millionen weisend sein!
Und so – auf seine Sorte –
ist es auch für mich dann weisend.
Denn möge nicht einmal
die »irdisch höchste Antwort«,
Milderung dem grundgepeinigt Geiste unterbreiten,
besteuert man die falsche Bucht.

Und so wird – aufmerksam durchleuchtet –
mir bewusst, welch fahles Pferd ich täglich neu gesattelt
und welch rückhaltlos Methodik ich gebilligt!

Derart seitenlastig,
gilt im ersten sowohl schwersten Ruck,
es deutbar klarzumachen:
In eines jeden Kern
walzen sich die Dimensionen,
brennt die Quelle,
Schöpfermacht und Weisheit
einer Sonne gleich,
und nichts als die Pfade sind versperrt.

Wie oft nun
hab ich selbst die Pforten zugesperrt,
meine Kraft erdrückt,
damit ich hier auf Erd'
nicht ganz und gar verrückt.
Hab so lang
den Pathos-Willen erstickt
und vermieden meine Innigkehr.
Gleich der Elster
raubte dies mein Glück,
und wie's der Elster typisch,
gab sie's nie zurück.

Ich ward physisch schon im eigentlichen Tod,
ausgemagert und verdurstet,
verwittert und gefroren,
und es sei bis hier, entstellte Engelsröte mein,

bekenn ich vor den Brücken
– dieser und der fremden Welt –
mein unerdbares Denken
– anmaßend das Allweiser-Gewebe zu durchsehen.
War doch sogar dran, im Zwist
dem Blut die Luft zu lassen,
auf ewig meine Augen schwarz zu färben.
Doch im letzten Schlag der Frist
bahnt sich Gradsinn durchs Geäst.
Diesen Boden bereits gelöst,
sprang noch müd ein Funken nieder
und rührt nun staubig alte Spulen wieder.

Denn wie ich also lag
– dem Tode nah –,
erkannte ich:
Es ist perfekt!
Das Leben!
Es greift und greift in sich.
So stehe ich hindurch,
Äonen[7] komplexer Widersinne,
zwischen Raum und Zeit
gen Firmament vollkommener Unendlichkeit!
Und ich empfand das niemals Endende
weitab von der human bekannten Deutung
– welche nur im Paradoxon schließen kann –,
weil unser alltägliches Wesen der Begrenzung auferlegt.

---

[7] In diesem Zusammenhang beschreiben *Äonen* einen unendlich erscheinenden Zeitraum.

Tauft es euch Erleuchtung, Eingebung, Erwachen,
gebt dem tausend Namen
– doch seid sicher,
es gilt nicht zu benennen,
sondern zu erfahren.
Ich trat in der Quintessenz des wahren Seins,
treu und frei, wahrhaftig in Beziehung ein.
Und dies ist kein Privileg, das am Rand des Lebens liegt.
Es wird dem die Glorie zuteil,
der zunächst ohne Vorbehalt
beginnt zu sein!
An mir sei es zu sehen,
auch im tiefsten Sturz der Seele,
bildet nach der wohl bewussten Ohnmacht
sich ein Neubeginn.
Die Herrlichkeit des Wesens mag lädiert,
mag verdorben, da verwirrt sein,
doch sie IST!
Es liegt nicht in meiner Macht zu definieren,
welch urgewaltig Kraft
dem Geschehen innewohnt.
Doch sicher sei,
dass es in der Lage war,
den ew'gen Fall zu bremsen
und meine Fahrt zu wenden!
Es war so viel mehr als Glück
– ich ward beseelt in vollen Zügen,
die Kanäle mir durchspült
– ein milder Segen, den ich in meinem Wesen fühl.

Nun fällt es mir in Schuppen von den Augen,

dass, wie ich es gewöhnlich tat,
der Welt sowie dem Leben
doch nicht nah zu kommen ist!
Man grämet nur am Übel sich kaputt
und richtet zu der Furcht sich aus!
Wenn dem, was weichen soll,
gedacht und rückhaltlos erwiesen wird,
kann doch nur verfemt,
wie meineidig,
gar liederlich,
der Kimm sich klären!
Ich fokussiere aus dem Übel nun das Licht!
Schwert und Schild der Hoffnung,
der Ergebenheit vor Zuversicht und Glauben!

Es brauchte Jahre währendes Leid,
einen Kopf, der sich fort von dieser Sphäre hebt,
trotz Gesellschaft zehrende Einsamkeit
und ein Körper, der das alles irgendwie überlebt.

Bis mir klar:
dass ICH es bin und war,
der den Dingen Wert
und dem Leben Sinn beschert!

ÄRA 2.1

Ich richtete geschunden
und doch lebendiger als je zuvor mich auf!
Als Kind des Waldes führte mich mein Weg

final in dessen Schoß zurück.
Und – ich – bleibe!
Begreif mich doch als unlösbaren Teil der Natur,
der weder unter oder über,
sondern auf Augenhöhe agiert.
Möge dieser wohlweisliche Ort
sowohl ein Grab als auch ein Anfang sein.
Und somit wende ich mich ab
der Zerstreuung tausend dumpfer Wege
und wach und ruhig
mir selber zu.
Auf dass ich endlich innig sehe,
welches Los mir eigen.
Im Moment,
da weiß ich nichts,
denn weiß ich, denk ich,
und denk ich, klammer ich
– in dieser Hinsicht –
nur an die Erfahrung
einer mir nicht selbst bewussten Ära!
So versuch ich mich zu leeren,
sodass ich wieder aufnehmen kann!

Zum Schlaf leg ich ins Wurzelwerk mich nieder
und es wecket der getreue Rhythmus der Natur dann wieder.
In mancher Nacht
treibt die Katharsis[8] sich durch mein System.
Oh, wie fühl ich die Bewohner

---

[8] *Katharsis* (griech.) beschreibt die Reinigung von inneren Spannungen und seelischen Konflikten durch emotionales Abreagieren.

und den Geist vom Wald dann zu mir stehen.
Bei einem der ersten Monde nach dem Fall
trat es besonders derb zu mir heran:

Da war mir wie ein Wolf,
der verwundet und zerstoben in sich sackt.
Zur anstehenden Reinigung
ersucht der Körper sich zu helfen.
Ihm ist es ein Todeskampf!
Im Wechsel zwischen heiß und kalt
wird die Lunge überlüftet und
das Herz schlägt beinah aus der Ankerung.
Was dort kümmert und sich windet
und unter seinem Fell mit Sehnsucht keucht,
erlebt ebenso den Beistand der Natur.
Es ist wesentlich,
dass dieser Kampf gekämpft werden muss!
Man denke sich die schwarze Kraft als Wurm
– der über Leib und Leben kriecht –,
bei diesem Akt wird er gezogen
und der Zutritt ihm verwehrt!
Zum Ende, als der Geist sich wieder legt,
entkroch ich dem Kadaver
und entgiftet, doch gefasst,
legt' ich mir ein Feuer
und mit jedem meiner Sinne
fühlte ich so intensiv wie nie
das Element bei seinem Treiben.

ÄRA 2.2

Im Boote,
auf dem See der unterbauten Zweifel
– dort, wo jede Alge dem Verderben gleicht –,
dreht' ich unaufhörlich meine Runden
bis zum Schwunge, der mir flüstert nun:
Erst das Abtauchen zum Grund
des kummervollen Wassers
schenkt die ersehnte Weite
in den lebensfrohen Kelch.
Das zweite Ruder
– gar dem großen Aufwind gleichgestellt –
vermodert sonst in unerforschter Finsternis.
So ist im Grunde nicht die Frage,
ob es wird,
sondern ob man es auch lässt!
Ungetrübt gen Realität,
braucht es schonungslose Offenheit,
weil sich selbst gewahr werden meint:
Jenes ehrlich zu bekennen,
was selbst entfernt, verborgen innewohnt
und somit sich dem Widerspruch entziehen,
denn Ableugnung und Widerruf
sperren auf Knall und Fall die Pforten dicht.

Es ist also an mir
– es anzunehmen.
Real wie neutral
– dem Wesen Raum zu geben.

Der Leugnung fern, setzt Heilung frei!
Die Erlösung liegt im Jetzt,
auch wenn der Ursprung der Notwendigkeit
weit tiefer fußt.
Endlich wurde mir bewusst,
was das Geistige in mir schon lang gewusst.
Kein Sakraler dieser Erde
wird je heilen,
was um Ganzheit selbst nicht ist bemüht.
Und nur aus beiden Teilen wird ein Bild,
sonst bleibt das Meisterwerk auf ewig unverstanden.

ÄRA 2.3

So bau ich über lange Zeit
– in liebevoller Weise –
eine Bindung zu mir auf.
Ernähre mich von reiner Kost und
lern wieder zu leben,
denn dann lehrt mich das Leben!
So oft es mir vergönnt,
schließe ich mein Lied und öffne weit mein Herz.
Und wie es tobt,
das Meer, zum Jüngsten Tag,
so tobte es am Anfang auch in mir.
Doch urteilsfrei ergab ich mich den Wellen.
Von Zeit zu Zeit trat ich erneut,
doch konstruktiv ins Leid.
Tief im Schmerz dort fühl ich die Erlösung.
Zum ersten Mal

geh ich geeint durch diese Pein
und bilde mir nicht ein, die Schuld
an jedem noch so fernen Akt zu tragen.
So kommt es, dass die Wogen sich glätten,
denn ich stell den eigenen Saboteur.
Vergebe und befrei mich selbst!
Denn alles, in allen Universen,
ist diesbezüglich wertneutral
und hegt danach kein Drang,
nur humane Emotionen haben das Verlangen.
Auf diesem Feld voll Läuterung und Sinn
funkt es mir in schwereloser Klarheit,
jeden Weg genau zu diesem Punkte
und jeden schadhaft Wink,
zur Richtung der Erlösung hin.

ÄRA 2.4

Gleichwohl lieg ich des Nachts
mit weiten Augen da,
dreh und wälz mich
durch das Zwielicht
meiner tiefen Quellen.
Als wenn was wär'.
Und wenn nichts wär',
als käm' es näher!
Oder wäre wohl,
auch wenn nichts wär',
mein Schatten mir noch schwer?
Also, was auch wär',

wäre wohl nicht mehr,
als wenn es wäre, dass was wäre?
Doch was wäre,
wenn die einst'ge Schwere meiner Seele
immerfort bestehe
und dieses
»als wenn es wäre«
 nie vergehe?

Es würde wohl mein Sand der Zeit hinunterstürzen!

Zwar müh ich mich,
der Kraft, die nur Zersetzung schafft,
den Weg zur Tränke zu verwehren,
doch es ist wohl üblich,
spukt der alte Geist der dunklen Zeit
durchs Sumpfgebiet,
trifft er sporadisch
fruchtbar-schöne Böden an.

Den Sternen immerfort so ihrer Kreise,
such ich in der Einsamkeit der Nächte leise,
warum ich also erneut bedeckt von grauer Flur.

So dachte ich!
Und als dies keine Lösung warf,
trat ich einen Schritt zurück
und sah objektiv die Lage aus der Ferne.
So merkte ich,
von welcher Wichtigkeit es ist,
die Woge meiner Achtsamkeit zu schweifen,

gleich ob innen oder außen,
eingefahren oder nicht.

Es lag so einfach, offensichtlich da,
doch ich war der Sache viel zu nah.
Es ward ganz recht der Blick hinein,
doch er sollte nicht von Ganzheit sein.
Denn ich ließ den Gegensatz zum Hirne aus
und somit trat erneut Disparität heraus!

ÄRA 2.5

So sei die Pforte mir: das Fühlen!
Wobei Ge-fühle zwar nicht minder,
doch in ihren Parametern zu begreifen sind,
und darüber siedelt – allumfassend –
Intuition, verbrüdert mit der Hingabe,
auf gottgelenkten Bahnen
und doch sich eigen Heer zu sein!
Denn auf der einen Seite steht die Fügung
mächtig da und unbeirrt
– gegenüber –
stolz und frei der Wille
und zwischen ihnen
– fürwahr, nicht mehr als ein Vergehen –
das da wär':
den jeweils Gegenüber rar zu schätzen.

So hinterfrag ich selbst mein' Hintergrund
und mühe mich als Achtsam-Grundgesetzes-Sein zu handeln

und nicht als subjektive Summe meiner Chronik.
Stimm aus vollem Herz dem geistig Kosmos zu
und spür soeben, wie befreiend es doch ist.
Denn etwas längst verloren Geglaubtes
keimt nun neu in mir.
Vertrauen – das derart tief sich wurzelt,
dass auch im Ungewitter stärkster Winde
unbeirrt der Konnex[9] steht!

ÄRA 2.6

Mir wird zunehmend hell,
wie sehr ich selber mir ein Bein gestellt.
Denn ich schritt, tendenziös befangen das Gericht,
dem Resultat nie frei entgegen!
Hab mir Zu- und Umstand
selbst herbeigezerrt!
Bin ich doch ein Schöpfer,
jemand, der entstehen lässt,
der von innen nach außen formt!
Kurzum:
Sende fort und sei gewiss,
es kommt nichts anderes zurück.
Ich hielt mich nur am falschen Brausen der Gedanken,
dort, wo unaufhörlich kujoniertes Schaffen wirkt,
und somit riss der widersinnig diffamierte Habitus
von trügerisch genährten Kräften

---

[9] *Konnex* (lat.) ist eine Verbindung/Kommunikation zwischen zwei
    Dingen.

mich ewig während hinab
und speiste all mein Potenzial für sich.
Sah mich immerwährend
vollkommen allein,
doch
allein vollkommen,
frönt bei Welten mehr dem Sein!
Denn macht man sich das Bild, allein zu stehen,
ist in jedem Fall dem so!
Doch der eine Bund, der von Bedeutung ist,
bleibt auf dem Bilde noch bestehen.
So blicke ich nun endlich
nicht mit Reue aufs Vergangene,
sondern erkenn den Sinn und schließe damit ab.
Und jene zwei,
die täglich neu,
sich Klingen an die Kehlen hielten,
entledigen sich ihrer Masken.
Darunter ward verängstigt nur ein Kind,
und voller Schrecken nahm der Zweite sich ihm an.
Oh, wie gut es tut, sich selbst und ganz zu nehmen,
und welche Kraft entsteht,
sobald die zwei Polaren
– statt entgegen –
geeint in eine Richtung gehen.

ÄRA 2.7

Sodann getrennt der welken Sicht,
weg von gewohnter Deutung,

ungeachtet vorsätzlicher Zwänge,
hinsichtlich zu sehr geachteten Nöten,
spüre ich, wie essenziell die Liebe ist!
Sie ist das Herz der Ewigkeit,
und wie es die Funktion nun will,
wahrt es so die eigene Existenz!
Sie webt vom Größten bis zum Kleinsten
in der uns bekannten Welt,
und da ihr weder Ziel noch Grenze ein Begriff,
wirkt sie weit hinaus,
in Gefilde, die der Imagination schon lang entzogen!
Es entkrampft das Leben sich durch Liebe,
zunächst der Liebe zu sich selbst und damit zu der Welt.

Da wird mir ein Gedicht aus alter Zeit bewusst.
Nie maß ich dem Tiefe zu,
doch nun ist mir so klar wie nie zuvor:

DER KLATSCHER

Es stehen da im Streite zwei
und werfen vor und werfen nach,
was der andere getan.

Und einer nebenbei
verfällt in Klatscherei.

Sie tun ihn ab,
sie tun ihn dumm
und streiten um was andres nun.

Der Mann,
er kommt und geht so durch die Welt,
so auch zu Menschen, denen rein nichts gefällt.
Als Lästerung hier und Leugnung da
bringen sie sich selbst Elend nah.

Der Fremde ist anscheinend von angetan
und fängt soeben das Klatschen an.
Doch schaut er nicht grad freudig drein,
wie's beim Applaudieren sollte sein.
Er zieht bang und freudlos das Gesicht,
als wenn er ihnen weist:
Oh, bitte tut das nicht!

Doch der Typ, der nur im Außen Fehler kennt,
wird suggestiv gelenkt,
dass er (der Mann)
eben nur ein weit'rer war,
und jenes macht man ihm auch klar.

Viele Male fing er noch das Klatschen an,
bis sein letzter Handschlag war getan.
Am Ende
zeigte sich,
der Mann war taub,
der Mann war stumm
und präsentierte es den Menschen drum.
Was als Erstes muss getan:
Nämlich selbst die Einigkeit erfahren!

Denn er schlug und schlug

die Hände ein,
um SICH
der beste Freund zu sein.

Und nicht trotz – sondern gerade weil –
ich selber mir so nah,
bin ich aufrichtig regierend
weit mehr Altruist statt Egoist,
denn wie soll aus mir Harmonisches entstehen,
kann ich mich selber gar nicht sehen?

Es muss verstanden sein,
dass die Göttlichkeit ein jedem innewohnt,
und somit ist das Streben,
selbst sich offen und mit Liebe zu begegnen,
ebenso die Offenheit und Liebe,
die man Gott und seinem Werk entgegenbringt.

ÄRA 2.8

Es war im Glanz des letzten Mondes,
als die Frucht der Nacht mich überkam.
Dort im Dialog der Seele
stieg mir etwas nieder.
Alsbald im Tau des Morgens sich die Sonne preist,
erwache ich und neben mir Erkenntnis,
die dem Agens[10] aus dem Traum gefolgt:

---

[10] *Agens* (lat.) beschreibt eine treibende Kraft/wirkendes Prinzip.

Nichts in dieser Welt sei zu bekämpfen!
Nur zu erfüllen oder überflüssig zu machen.
Der einzig wahre Kampf
kann also immer nur einem dieser beiden gelten!

Mithin sind da Bedürfnisse in mir,
welchen es nicht zu entkommen gilt und geht!
Ich erkenne, lenk und lebe sie.

Hab von klein auf so vieles falsch gelernt.
Sicher, meine Lehrer wussten es nicht besser,
doch nun ist es an mir, das Richtige zu kultivieren!
Sodass die kalte Masse,
welche hindert und mir schmerzt,
zergeht und weicht,
da ihr der Zulauf fehlt.
Gleichwohl weiß ich um meinen Schatten,
welchen ich nicht mehr zu fürchten brauch.
Ich lad ihn ein
und er darf sein.
Denn sobald ich ihn vernein,
fängt er an zu keimen.

Dies wird mir nicht in ein paar Tagen reifen.
Und – das – ist – gut!
Denn es geht nicht um
das Fertigwerden oder Fertigsein im Leben,
sondern um das Sein im Werden
wie das Werden im Sein auf Erden.

ÄRA 2.9

Mit jedem Schritt noch tiefer in den Wald,
komm ich mir selber näher.
Und da jeder Frage eine Leitung folgt,
versuche ich wertvolle zu stellen
und somit Werte-voll mich aufzustellen.
Sind es doch die Fragen,
deren Kraft zumeist weit höher
als die der Antwort siedelt!

Bin jetzt sogar dankbar gar,
dass mir so früh und heftig Leid geschah.
Es enttäuschte
– im besten Sinne –
mich das Leben
und nun kann ich das Wahre sehen.
Ich bin zu tief gefallen,
als dass es mir noch möglich sei,
im Bau der halben Dinge mich zu drehen!
Auf meiner Reise ist kein Platz
für leere Koffer!
Dem Ganzen gilt mein Fokus,
dem, was in der Tiefe mich berührt,
anstatt die Fassade nur verziert.
Mühsam und beschwerlich ist zu manchem Tag der Pfad
– hier brauch ich nichts zu verschönen!
Doch schließlich geht es um mein Leben
sowie die Note, welche wir dem Erdenball
und der ganzen Kosmos-Symphonie beigeben!
Zudem geht es mit jedem Male weicher mir ins Blut,

denn die selbst gebrachte Disziplin
ist Tugend meiner Willenskraft,
an welcher nie zuvor es mangelte
und niemals mangeln wird!

ÄRA 2.10

Dies sei heut der Tag,
denn was habe ich gelacht!
Ein breites Lächeln bis zur Stirn
und von dort zurück bis in die Füße.
Denn was hab ich einst geschmachtet!
Im Gefilde selbst kreierter Finsternis.
Und nun sei's mir gegönnt,
zu Lachen just zum Spaß der Freude
frei, ein Teil dieser Welt zu sein!
Und auch das, musst' ich selber mir erlauben!
So wird mir doch ganz klar
in was das Wunder sich verbarg
dem der endlos mich zu richten mag,
ihm den Frieden!
- und in geeinter Kraft
ward ich Kaiser meiner Schöpfungsmacht!

So scheint sie überwunden:
die Odyssee,
welche wohl Millionen auferlegt!
Zwischen diesen Bäumen
habe ich die Tiefe meiner Wesenheit erkannt,
wie reich ich bin und alles in sich greift.

Wie werden Schatten,
welche sich einst groß gewähnt,
mit einem Male obsolet.
Es findet nun authentisch sich ein Weg,
da er unbeirrt zur Liebe geht.
Ich beziehe auf das tiefste Wissen mich,
und somit sei erfrischend leicht
das Denken, Reden, Handeln deckungsgleich.

Und jetzt ruft es mich heim,
in diesem Sinne Heim,
als dass es mehr
als nur der Ort, der mich geformt.
Es rückt mir nah,
das Erfahrene mit Mensch und Welt zu teilen.
Und wenn auch nur einziger Tropfen Hoffnung heißt,
dann möge sich ein ganzes Meer
in diesem Forst ergießen.
Denn es ist der Tag gekommen,
an dem der Zerbrochenste zur Stütze
und der Zerrissenste zur Einheit ward.
Und so sei alles nun von Möglichkeit!

Zuversichtlich setze ich meinen Fuß zur Stadt.
Bin ich zurück,
lass ich nicht zu, dass Hass und Groll
wie eine Seuche mich befällt,
es sind die Schwachen,
auch wenn sie anderes behaupten wollen.
Und erhaben will ich wider den Verdrehten stehen,
auf dass sich mein Gesicht nicht wandle

und meine Innigkeit mit gleicher Kraft erstrahlt,
als wär' ich in Gesellschaft reiner Menschen.
Was auch immer mir zur Macht steht, werd ich nutzen
und der allgegenwärtig Illusion, die Lügen lehrt,
das dornumrankte Herz entreißen.
Es ist die Zeit,
in der ein jeder sich entscheiden muss,
und es sollte allerseits bewusst:
Je nachdem, wie man sie trifft,
zieht sie große Konsequenzen mit sich mit.
Denn nicht allein für sich,
sondern für Mensch, Natur und Welt
gibt man seine Unterschrift.
Es ist die Zeit der Effizienz,
doch die Frage ist, in welche Richtung
sich ihr Zentrum wenden wird.

Begreife!
Lieber Mensch, begreife,
dass ein jeder auserkoren,
Geist und Körper zu erheben,
um dieser Welt,
diesem Sein,
ja diesem Leben
SEINEN eigenen,
integeren Wert zu geben.

Und als der Hass aus meinem Blick genommen,
ward mir inne,
dass der Sturz der Zukunft,
in ein schwarzes Moor,

mit keinem Wort bereits geschrieben steht.
Noch können wir beweisen,
dass wir dieser Erde würdig sind!
Am Horizont,
da sehe ich einen Wechsel der Gezeiten!
Es ist an uns!
Von hier an eine Flut!